맨드라미 꽃물 같은 울음이 가득 차올랐다

문학들시인선 043
맨드라미 꽃물 같은 울음이 가득 차올랐다

초판1쇄 찍은 날 | 2026년 3월 19일
초판1쇄 펴낸 날 | 2026년 3월 25일

지은이 | 전경숙
펴낸이 | 송광룡
펴낸곳 | 문학들
등록 | 2005년 8월 24일 제2005 1−2호
주소 | 61489 광주광역시 동구 천변우로 487(학동) 2층
전화 | 062−651−6968
팩스 | 062−651−9690
전자우편 | munhakdle@daum.net
블로그 | blog.naver.com/munhakdlesimmian

ⓒ 전경숙 2026
ISBN 979−11−94544−31−9   03810

문학들 시인선 043

전경숙 시집

맨드라미 꽃물 같은 울음이 가득 차올랐다

문학들

시인의 말

나에게 묻는다

시 쓰기는 내면의 상처를 치유하고
고통을 감소시키는 하나의 수단이었다

등단한 지 오랜 시간이 흘렀다
삶의 징검다리 앞에서, 숱한 건기와 우기가 있었을 뿐
건너지 못할 계절은 없었다
그건 시라는 매개로 연결된 고마운 도반이 있었기 때문이다

나는 시를 사랑한다

따뜻한 모국어를 다정하게 풀어낸 시를 좋아하고
복잡한 시간들을 단순하게 모아주는 시를 애정하고
흔들리는 어깨를 다독여주는 시인을 존경하며 지금도 동경한다

마른 풀잎과 자잘한 송이꽃과 연둣잎 품고 있는 나무를 본다
곧 봄이 올 것이다

아프고 힘든 시간을 건너고 있는 그대
잠시, 쉬어가시길

2026년 봄
전경숙

차례

제2부

제3부

제1부

먼지의 건축학

빛을 차단한 길 어디쯤 지나왔을까
고여 있던 시간을 털고 창을 열었다
블라인드 틈을 비집고 들어온 햇살이
방을 들여다본다
깃털 같은 먼지들이 일제히 일어나
빛의 선을 따라 기둥을 세운다
부유하는 감정처럼 솟구치다 가라앉고
흩어졌다 다시 모여 만들어 낸 신기루 같은
한동안 멀뚱히 혹은 몽롱해져서
빛살에서 축조되는 현상을 비틀어 본다
먼지의 학설을 들춰 보면 태초의 집은
깎이고 닳은 아주 작은 조각들
형태도 없이 어디라도 앉았다가
흔적 없이 뜰 수도 있어, 나는
먼지를 부리는 주술사, 손짓 하나로
사방이 확 트인 허공에 집을 짓는다
맑은 바람으로 바닥을 깔고
꽃잎으로 도배를 한 춘풍루 한 채
어디서 천만개한 벚꽃 하얗게 밀려와
깨어 보니 봄이다

갯벌의 문장

갯벌이 목백일홍빛 노을에
몸을 말리고 있는 해안,
방향을 잃어버린 바람이 길을 묻는다
갈피 없는 바람의 길을 피한
바닷가 횟집의 후덕하게 보이는 주인은
장화와 호미를 내어주며
저 갯벌의 고서古書를 뒤집어 보라고 한다
밑줄을 그어 가며 갯벌의 문장을 읽는다
귓바퀴를 돌아 나온 소라는 바람을 몰고
고둥은 등을 보인 채 길을 낸다
주위를 힐끔거리며 허기를 채우던 칠게
일시에 구멍 속으로 쏙, 위난危難을 피한다
문을 닫고 살아온 질퍽거린 삶의 행로들
밀려오는 물이 무성한 갯벌의 족문을 덮을 때
낙지와의 씨름에서도 낙지를 낚지 못한
나의 고서에 대한 독서는 미급하다
써레질을 시작하는 바람을 따라
구름의 그림자를 털고 허리를 펴는데
때마침 꿈틀거리며 떠오른 목선,

깃발을 흔들며 먼 바다로 향한다

배 지난 길은 흔적도 없는데 수평선은 멀다

구름에 관하여
– 맹그로브 숲

정처가 있나요

부풀어 오르는 솜사탕 같은 마음 말이에요
가끔 당신의 등 언저리에 올라
태평양 연안 맹그로브 숲에 내리는 상상을 해요

나무가 나무를 배태한
꼭두서니과 쥐꼬리망초과의 태생식물이면 어때요

흙이 아니어도
물길 따라 어디만큼 떠돌다가
먼 기억 속 본향에 뿌리를 내리고 싶어요

모체를 떠난 주아
정처 없이 부유하는 동안은 꿈꾸는 시간입니다

넝쿨처럼 얽힌 뿌리와 뿌리 사이
햇살 머금은 수많은 생들의 아늑한 낙원
플랑크톤의 날숨에서 구름이 만들어진다는

해득하기 어려운 문장을 읽은 적 있어요

날개를 펼치면, 다시 꽃이 피고 바람이 불고
계량할 수 없는 씨앗들이 쏟아져 내려요

어떤 시간의 고찰

두 얼굴을 가진 너는
어떤 미완의 공간으로부터 건너왔기에
한 뿌리에서도 다른 꽃이 피는 것일까

어느 곳에나 있고
어디에도 없는 너를 본다

빛의 방향에 따라 침엽의 크기는 다르다

오른쪽과 왼쪽의 대칭이 달라
각도를 두고 고민했던 시간
모든 시계를 거꾸로 매달고 싶다
잠시 혼돈의 터널을 지나면

흘러간 당신, 되돌릴 수 있을까
심장을 관통하는 초침 소리는 시끄러운 방향으로 날아
간다
발소리 없이 지나가는 당신이 외로운 쪽으로 기울어진다

너에게 쫓겨 툴툴거리며 뛰다가
이면을 보면 느긋한 마음이 되어
여유를 부린다

시계 속에 나를 끼워 넣고

목백일홍 화사한 빛을 백날씩 비추는 당신
검은 커피를 마시며 초록 상처의 블루스를 듣는 나

눈사람

들추지 말아야 할 온기를 조율하며
눈의 의미를 분주하게 찾는 두 사람
무른 속살을 포개고 공원 벤치에 나란히 앉아 있다

누구의 상처를 숨기려는지
확 부풀 것 같은 단단한 덩어리
하얀 안색과 시린 발목으로 서로에게 다가서지
우주의 맨 처음 표정처럼 영원한 결속을 맹세라도 했을까

살을 수직으로 맞댄 독백은 녹아내릴 한 시절을 예감했
겠지
숯덩이 눈썹은 왜 한쪽으로 기우는지
입 꼬리 처진 입으로 견뎌 내는 무성음

사흘이나 나흘쯤 뜨겁게 살다가
녹아내리는 촛농처럼
온기의 비의를 끌어안겠지
땅속 깊이 숨어들어 다시 몇천 년을 눈나비로 떠돌다가
어느 산골 호젓한 마당에 시린 눈발로 내려앉겠지

그대를 눈사람의 전신前身이라 불러 보는 오늘
손을 뻗으면 녹아 버리는 아득한 눈빛을 생각하지

매미의 탄생

어둠을 먹고 기호가 된 애벌레 한 마리
백양사 일주문을 들어선다
한 번 어긋나면 영영 만날 수 없는
평행의 길 위에서 마주한 인연이 너였을지 몰라
네가 부르는 문장을 치열하게 받아 적던 날
절 마당에 서 있는 보리수나무 둥치를
꽉 붙들고 오르는 너의 실존을 본다

나뭇잎 그늘 사이로 하늘이 일렁이고
파란 바람이 옷자락을 흔들고 간다
무엇에 닿기 위한 처절한 몸짓인가
끊임없이 두드려 보는 파열음
제 등을 찢고 나와 날개를 펴고 득음한 너
여름이 그토록 뜨거웠던 이유가
세상의 침묵을 다 들이마신 탓이었을까

타들어 가는 입술로 외치던
알 수 없는 숲의 언어들이 쟁쟁하다
소리의 마지막 출구를 향한 꿈이

텅 빈 몸통으로 부스러지는
어둠을 먹고 기호가 된 애벌레 한 마리
매미라는 너의 이름을 처음 부른다
비로소 탄생하지만 너는 이미 없다

맨발로 그린 길

앞서간 발자국들이 한 방향으로 빼곡히 찍혀 있다
탁본처럼 선명한 무늬를 따라 걷는다

질퍽질퍽 발가락 사이를 비집고 나온 진흙이
간지러운 웃음을 만들고
지친 날들의 먼지를 털어 낸다

그대가 맨발로 나에게 왔을 때처럼
들국화 향기 환하고
앞선 여인의 머플러 빛 가을바람이 스미는
메타세쿼이아 가로수 길

발자국마다 읽히는 계절의 온기는 다르지만
나만의 보폭으로 걸어온 길이
따뜻한 방향으로 놓이고
돌아갈 수 없을 만큼 멀리 왔다고 생각될 때
잠시, 호흡의 장단을 조율해 본다

자벌레가 제 키만큼

삶의 길을 가늠해 가듯
한 걸음 한 걸음 맨발로 그린 길
문득, 돌아보니 곱게 물든 가을이었다

구석 예찬

태풍 타파가 지나간 길
우산 하나가 논 구석에 박혀 있다
모든 살을 뒤틀어 자신을 뒤집어 버렸을 우산

어딘가에 있을 누군가의 구석은
바람막이며 비빌 언덕이고 안온한 은신처

수확을 앞둔 벼들이 어지럽게 쓰러져 있다
바람의 행방을 짐작해 본다
오늘은 화창한 가을하늘, 볕을 등에 지고
생계를 일으켜 세우고 있는 사람들

떨어진 나뭇잎이 한쪽으로 몰리는 까닭이
꼭 바람 때문일까
외롭게 몰려 본 사람은 안다

카페와 강의실 영화관 어디든 있는 코너
알고 보면 그곳은 전망이 좋은 곳
뒤태를 보여주지 않고 사방을 살필 수 있지 않은가

내 유년의 배경에도 구석인 아버지가 있다
여기 잠시 머물다 떠나는 기착지

나는 나를 버리기 위해 구석으로 향한다

예지몽

간밤에 모진 꿈을 꾸었다지요
우기가 끝나갈 무렵이었어요
제방의 석축이 옥수수 알처럼 쏟아져 버렸다고
긴 숨을 토해 내고 있다

현장을 직접 봐야 하는 인부처럼
생과 사의 물길이 들락거리는 입구
어둠 속을 들여다본다
아래쪽이 쓰러지면 손아래
위쪽이 무너지면 손위에 불길한 일이 생긴다는데
위아래가 다 무너졌다고
누렇게 뜬 낯빛으로 도돌이표를 찍는다

미래를 점친다는 서당골 금옥이 할매처럼
돌아오지 않은 날을 잡아당기고 있는 그녀
한쪽으로 흘러내리려는 말을 주워 담는다

더 크게 아~~ 아 하세요

꼭 맞는 틀을 본떠서 빈틈에 끼우고
사이사이를 메워 손을 본다

그날 이후 물렁해진 제방의 석축 다시 쌓듯
임플란트를 하고
새하얀 이를 드러내며 활짝 웃는 그녀

갠지스강 가에서

시든 꽃 몇 송이가 화병을 흔들고 있네요
물컹한 시간이 부풀어 올라
맑은 물을 적셔줘도 생기를 찾지 못합니다
고농축의 진통제가 물관을 타고 듭니다

완화의료센터를 찾아온 손님들
맨발로 와서 잠시 머무르다가
빈손으로 돌아가는 길입니다

사막을 건너온 낙타처럼 사력을 다해
갠지스강에 도착한 가난한 사람들
가진 돈 전부를 화장장이에게 맡기고
석양을 바라보고 있습니다

어둠이 하나의 태양을 소등합니다
방문 앞에 촛불이 켜졌습니다
무중력의 공간에 나침판처럼
방향 없이 흔들리던 빛이 어둠을 밀어냅니다

긴 복도 끝에 놓인 부겐베리아

새벽과의 약속인 양, 동쪽을 향한 줄기

빛을 따라 핀 붉은 꽃을 당신이라고 읽습니다

구절초 삽화

찬바람이 몸에 스민 탓일까
삼복더위에도 한쪽 무릎이 시리다
냉증을 앓는 날이면 꽃차를 마신다
눅눅한 몸에서 꽃 향이 핀다
파란 하늘에 돋은 낮달처럼
시간의 행적을 아홉 마디에 새기고
유리잔 가득 피어난 꽃

오아시스 없는 사막을 건너온 뒤에야
꽃차라는 이름을 얻었을까
처음인 듯 열리는 적요가 환하다

가뭄에 축 늘어진 호박잎 같은 어제가
월요일처럼 팽팽하게 당겨진다
짓무른 한때를 햇볕에 널어 말리면
고통 견디고 날개를 얻은 나비처럼
가볍게 날 수 있을지 몰라

비틀거리며 걸어온 날들을

세월의 갈피에 살짝 끼워 넣는다
유리잔 속에 핀 구절초 꽃차처럼

단풍을 읽다

햇살이 마른 폭포처럼 쏟아진다

내장산, 삼원색의 터널 길을 걷다가
색의 섬에 갇혀 있는 우화정을 본다
못 위로 떨어지는 꽃비의 동심원
저무는 시간의 눈부신 반란이다
몇 장의 단풍잎을 주워들었다

두 팔을 벌려 안단테로 춤을 출까
알레그레토 뜨거운 입술로 노래를 할까

넋을 잃을 뻔한 무지갯빛 고백 같은
축제는 짧았다

네 몸이 붉게 물든 이유는 묻지 않을게
나를 버려야 너를 얻을 수 있다 했던가

두근거리는 새의 가슴으로 깃들었던
무성한 우듬지에서 낮게 낮게 번져오는

너를 읽는다, 떨어져서 더 붉은

마이산 능소화

턱을 괴고 앉아 있는
진안 마이산 암마이봉 절벽
모두가 끝이라 부르는 바위틈에 뿌리 내린 능소화

밤새 빗방울 꽃 문 두드렸을까
눅눅한 침묵을 닦아 낸 아침
해맑간 봉오리 터질 듯 부풀었다

읽는다는 것은 가만히 들여다보아야 하는 것
빨판 같은 푸른 손이 오돌토돌한 바위벽을
점자책을 읽듯 꽉 붙들고 있다

호흡마저 정지된 듯, 깜깜한 절벽 위
푸른 통점에서 일시에 만개한 꽃

노을빛보다 더 붉은 황홀의 정점에서
망설임 없이 뛰어내리는 꽃송이들
큰 바람 앞에서도 줄기 하나 잡지 않고 통째로 떨어진

서럽도록 아름다운, 저 꽃의 심장들

기다리는 것은

기다리는 것은 더딘 발자국으로 온다

심야의 버스 정류장 앞
현란하게 반짝이는 주점의 간판들은
변검술사처럼 수시로 얼굴을 바꾼다

직원도 없는 작은 정류장 안에는
무인 발급기가 벽에 기대 서 있고
칠 벗겨진 긴 의자에
잠시 앉았다 떠난 시린 발들의 시간

흙먼지 일으키는 신작로
미루나무 한 그루 바람에 손 흔들던
내 기억의 뿌리에서 자라던 정류장
피우지 못한 꽃 한 송이
슬며시 얼굴을 내민다

흰 블라우스 검정 치마 먼지 앉은 운동화
버스를 기다리며 저마다의 꿈을 꾸던

눈 깜박할 사이 뒤로 밀려나 버린 푸른 길
쉼표처럼 서 있는 간이 정류장에서
목이 길어진 나는, 막차를 기다린다

꿈꾸는 돌

하늘을 자유롭게 날고 싶었던 것일까
새가 되어 날아가 버린 돌

돌을 새라고 생각하는 사람들
우기의 냇물을 젖지 않고 건널 수 있는 것도
선뜻 내밀어준 새의 등이 있기 때문이다

하릴없이 발길에 차이던
그 많은 새들은 어디로 날아갔을까

아스팔트와 보도블록 길
서로를 가두어 버린 유배의 공간
유일하게 달구어진 돌 하나 품에 안고
추위를 나고 있다

생각은 날개를 달고 날아간다

숲은 꿈꾸는 새들의 거처
층층이 쌓여가는 돌탑을 본다

비상할 은빛 날개를 채색하는 중이다

무엇이든 있어야 할 자리에 있을 때 빛난다
나도 돌 하나 올려놓는다

제2부

떠도는 군중

– 미세 먼지

숨소리에 귀를 세워 기대면 쉼이 될까요
온실 밖은 뿌연 안개 속이네요
들숨에 빗장을 걸어야 할까 봐요
하얀 마스크 속에 달고 있는 기침 소리
산소가 결핍되어 누렇게 뜬 이파리 같은
한 무리의 꽃들이
붉은 신호등을 쳐다보고 있어요
주변 어디에도 안전지대는 없어요
맑은 공기를 그리워하는 날이 점점 길어져요
검은색 롱패딩 속에 벌떡이는 심장을 숨기고
내일의 건널목으로 뛰어들어요
전속력으로 달려오는 알 수 없는 미래
푸른 등이 깜박이기도 전에
오늘을 빠져나간 표정이 불안하게 감지돼요
꽃을 가꾸던 사람들이 호미를 버려두고
미친 듯이 쫓아간 엘도라도
높이 솟은 굴뚝은 쉴 새 없이 먹구름을 토해 내요
시든 꽃들이 모여 있는 곤궁한 모서리
한반도 크기만 한 공기 청정기는 없을까요

하루 품

하얗게 내뱉는 입김에 꽃이 핀다
여명도 고요한 빙점의 시간

허름한 난로 불에 온기를 적시는 인력 사무소
단팥빵 한 개가 숨을 죽이는 동안
수심 깊은 기침 소리, 부랑의 침묵이 들썩인다

하루치의 품을 산 은회색 봉고가
기름 냄새 툴툴거리며 사라진 자리
갈 곳 잃은 표정, 뱉어 놓은 배기가스처럼 떠돈다

낡은 어제를 짊어지고
아침을 낚는 사람들 목청껏 생떼를 부려 본다
아직은 차가운 입춘절의 햇살 쟁탈전
통점을 지나온 상처가 피워 낸 웃음일까

누군가 손가락 세워 바다를 가리키지만
그가 건너온 이곳의 꿈은
오늘도 빈손 가득한 몽상의 시간뿐

허름한 발자국 사이 하루치의 품은
산모퉁이 돌아 피어난 민들레처럼
길 위의 봄 햇살 한 줌 꺾어 들고 가는 것

주머니 속의 내일을 만지작거리며

한아름아파트 현장소장 오상무

국밥에 막 숟가락을 얹기 전
예전에 함께 일했던 사장님의 안타까운 사정을 듣는다
건물 뼈대를 다 세웠는데 자금이 들어오지 않아서 공사
가 중단됐고
살던 집도 빼앗겨 지금은 식구들과 월세 집에 살고 있다
는 사장님

새벽을 깨우는 망치 소리와 철근 가닥 휘청이는 소리를
헤집고
발톱에 멍이 들도록 뛰는 사람
안전이 최우선이라고 공사 기간보다 사람을 먼저 챙기
는 사람
그가 맡은 현장에선 큰 사고 한 번 없었다고 한다

그의 첫인상은 건설현장소장이라는 관념을 깼다
왜소한 몸집에 말수가 적고 배려와 차분함이 풍겼다
매일 작업자들의 안전을 살펴야 하고
고약한 민원을 해결해야 하고
회사와 업체들의 간극을 좁히고 빈틈을 메워야 하는 일

을 반복하지만

　한 번의 무례한 말이나 언성 높여 얼굴 붉히는 일 없이
일하는 사람

　휘청거리지만 부러지지 않는 철근이 묽은 시멘트 반죽
을 만나

　허공에 뿌리 내리고 층층이 집들이 솟아오르듯

　그의 가슴에도 보이지 않은 고층들이

　근육처럼 단단히 엉겨서 부드럽게 견디는 중인지도 모
른다

　식사를 마친 후 그는, 선뜻 호주머니를 털어

　약소하지만 그의 손에 쥐여주며

　밥 잘 챙겨 드시면서 다시 힘을 내시라고 등 두들겨준다

바람 부는 날

창을 열고 거리를 내려다보니
보도 위에 걸어 놓은 옷들이
깃발처럼 펄럭 거리고 있다
말 못할 그 무엇이 있어서 바람은,
옷가지며 나뭇잎이며 풀포기까지
흔들어 대는 것일까
빌딩 숲을 돌아 나온 바람 소리
그의 오래된 직함은 대기업 상무였다
젊은 나이에 직장을 나와
주식 투자로 퇴직금을 날리고
빚을 내어 음식점을 차렸다가 불경기에 문을 닫고
새벽 시장에서 일용직으로 떠돌다가 지금은
땡 처리한 옷을 떼다 파는 거리의 상인,
존재한다는 것은 무시로 흔들리는 것인가
호루라기 소리가 귓청을 때린 듯
남자가 휘청거리며 보따리를 싸고 있다
해거름 바람에 하루분의 노독을 털며
몇 둥치의 보따리를 봉고차에 구겨 넣고
서둘러 거리를 뜬다

그가 스며든 쪽으로 바람이 기운다
떠도는 길 위의 삶, 우리는 바람인가

넌 어디서 왔니

입을 떡 벌린 채 아무렇게나 누워 있던 악어
뒤틀린 속을 개운하게 비웠다

짧은 앞다리와 긴 꼬리에 붙어 있는 로고는
꿈의 세계로 들어가는 길

베트남에서 왔다든가
아마존에서 왔다든가

무두질해서 부드러워진 살갗이 번들거린다

"고쳐서 쓰지 그래"
그는 피식 웃었다

오래 묵을수록 몸값이 오른다며 애정을 곱하더니
슬그머니 눈길을 거두며, 태생이 다르다고 했다

태생, 그냥 태어나 눈 떴을 뿐인데
비애를 안고 살아가는 후줄근한 삶

종이도 비닐도 쇠붙이도 아닌 것
분리수거에도 들지 못한 방부된 시간은
무엇으로 남을까

딥 페이크

대중의 사랑을 먹고 사는 생물

입맛에 따라 생각해
작품 하나에 목숨을 걸었던 건 사실이야

배라의 탄생은
스타를 사랑하는 자본의 위력

배라는 마스크를 뜯어내고 싶다
긴 손톱으로 마스크를 찢고 싶다
피 흘리며
숨기고 있던 나를 드러내고 싶다

모두가 나를 사랑하는가
사회성도 없는
모두가 나를 싫어하는가
조작된 나를

나를 찾고 싶다

선택은 나에게 있지
외모가 나인가
정신이 나인가
낮의 내가 나인가
밤의 내가 나인가

공상은 공상일 뿐

자본이 만들어 낸 마스크
썼다가 벗어 버리면 그만인
스타, 배라의 마스크는 계속될 것이다

완벽한 타인*

패턴 해제 게임, 당신도 함께 하실래요

지금부터 당신이 수신하는
모든 통화 내용과 메시지를 공유하는 게임입니다
재미로 시작한 게임, 깊은 심연을 들여다봐요
가족 간에도 비밀번호가 존재해야 하는 이유를 알게 되죠
거대한 세상을 손에 쥐고 살아가는 사람들

웃는 얼굴 속에 숨어 사는 저마다의 외로움
파도에 밀려 해안가로 모여든 부유물처럼
거짓말 같은 비밀들이 하나 둘 수면 위로 떠올라요

사람들의 삶에는
공적인 삶, 개인적인 삶, 비밀의 삶이라는 문장이
스크린을 밀고 올라가요

사람과 사람 사이에 존재하는 암호를 해독하려 하지 마
세요
비밀의 창 너머에서 들려오는 파장

뿌리 깊은 나무, 심하게 흔들릴 수도 있어요

* 휴대전화로 본 인간의 본성과 심리를 다룬 영화 제목

우울한 일요일

창공을 날던 철새들의 시간이었네
이천이십사년 십이월 이십구일
숨 가쁜 기장의 외침,
메이데이 메이데이 메이데이

179송이의 동백꽃 생짜로 찢기는
몇 분 몇 초의 갈림길을 나는 보았네

산 자의 눈물은 산하를 적시고
붉은 울음소리 시린 일요일이었네

침묵으로 애도하는 하늘
너무 맑아서 더 아픈 겨울 하늘

길고 긴 불면의 밤
시계는 멈추지 않고 아침은 밝았네

잃어버린 어제를 찾으러
포탄의 파편과도 같은 잔해, 잔해들 뒤집어도

되돌려 맞출 수 없는 퍼즐 판
눈을 감고 들여다보네

뉴스는 흩어진 조각들을 찾아내
아픈 가슴들을 다시 도려내고 있었네

12월의 꽃송이, 꽃송이들이여

건널목 단상

브레이크 없는 자동차처럼
속도를 잊은 거리
푸름과 붉음 사이 황색 지대라고 했다

미로 같은 길을 CT가 읽고 간다

달의 뒤편에 숨겨진 적막 같은 날이다

오독일 거야 오독, 되뇌면서도
섭생과 일상의 기억을 환치하는 그녀

시침에 걸어 놓은 무성한 나비의 꿈
날개를 접기엔 너무 이른 오후다

붉은 등이 깜빡이는 건널목을
그녀는 잘 건널 수 있을까

정글에서 쇼핑하기

정글로 가는 유일한 길 위에
킬힐을 신은 그녀가 간다.
어깨에 올라탄 악어 한 마리가
위태롭게 매달려 있다.
많은 사람들의 시선을 받아먹고
헛배가 부른 악어
엉덩이를 실룩거리면서 걷고 있다.
나는 도도한 그녀를 쫓아갈 수 없어
가방 속으로 숨어들었다
질서 없이 빼곡히 들어찬 가방 속
구체적이지 않은
추상의 이미지를 가득 채우고
악어는 늘 배가 고프다고 했다.
거대한 정글 속을 유영하는 악어
정글은 시시각각 그 흐름을 바꾸며
그녀를 유혹한다.
오늘도 먹잇감을 잡아채려는
사냥꾼의 포즈로 눈동자를 굴린다.
정글이 시나브로 말라가고 있다
악어는 아직 실감하지 못한다.

젖은 고독

낯선 곳에서 겉도는 이방인처럼
조심스럽게 유리문을 밀고 들어선다
뿌옇게 김이 서린 온실 속에서
너는 누구냐는 눈빛들이 순간을 스캔한다
전사들의 시선을 피해 물줄기를 세워 본다
말의 총알을 장전한 그들과 합류해야 할 시간
아늑한 어머니의 자궁 같은 물의 집에서
나는 한 마리 가느다란 눈치가 된다
지느러미를 살살 흔들어
메슬로우의 욕구* 3단계를 넘어 보려고
낯선 시간을 헤집고 헤집었으나
거친 물의 결들 쉬 섞이지 않는다
함지박 가득 얼음 알갱이 부딪히는 소리
검은 유혹의 향기가 배달되면, 맨사댕이
전사들은 경계를 풀고 남극의 펭귄처럼 다가와
시원한 커피 맛에 초점을 맞춘다
그림자도 없는, 꽃 진 자리를 살살 건드리고
잎 무성한 나무를 눕혔다가 세웠다가
이방인의 가려운 곳을 박박 긁어 주기도 하는데,

우리는 언제쯤 만나 또 여기서 서걱거리는가
나는 젖은 고독을 닦아 낸 타월을 던져두고
별들이 반짝이는 사우나를 나선다

* 인간의 욕구 5단계 중 3단계 소속감의 욕구

달 마법사

망토를 두른 사내가 다녀간 밤

그날은 개도 짖지 않았다니까요
줄풍선을 후 불면 빨간 장미가 피어나요
까만 모자 속에서 나온
하얀 비둘기가 푸르르 날아가요
펄럭이던 보자기는 마법의 지팡이였나요
빠른 손놀림을 따라 동자가 점점 커져요
빈틈을 찾으려 하지 마세요
공허한 시간을 끌어모아
위대한 힘을 보여줄게요
상냥한 보이스를 따라서
버튼만 잘 누르면 피싱이 되죠
원하는 것을 손에 쥘 수도 있다니까요
한 번도 만난 적 없는 목소리만 기억해요

푸른 잎사귀 다 털리고 난 뒤에야
풀꽃 같은 화두 하나 손에 쥐었다는 그,
흐려진 눈빛으로 몇 잔의 소주를 마신다

석양이 머뭇거리는 창가에
꽃으로 베일 친 얼굴의 달 마법사
한쪽으로 기운 생각을 자르듯 적심을 한다

단 한 번의 비행
– 삼척 장호항에서

선착장이 술렁거린다

꼬리에 밧줄이 묶인 채 공중을 비행하는
놀랍도록 거대한 아름다움이다

며칠 전에도 고래 한 마리가 그물에 걸려 나왔다 한다
고래는 제 짝을 잃은 자리에 꼭 다시 와서
슬픔을 애통해 하다가 암수가 연달아
그물에 걸리게 된다고, 안타까움에 혀를 찬다

어제의 바다를 품은 몸에선 푸른 광채가 났다
물기 그렁그렁한 눈빛과
밍크처럼 매끈한 몸, 빚은 조각 같은 지느러미
푸우 하고 숨을 내쉬면 물보라 속
꿈의 바다로 미끄러지듯 사라질 것만 같다

생동이 보이는 거대한 죽음 앞에서, 사람들은
계산기를 두드리며 밑그림을 그린다
먹어야 사는 숲에서 하나씩 잃어가는 꿈처럼

재단사들의 손놀림에 조각나는 고래의 꿈

개미가 커다란 나뭇잎을 잘라서 물고 가듯
시간 속으로 점점이 흩어지는 고래, 고래, 고래들
사람들이 돌아가고 항구는 일 없이 잠잠해졌다

고래 한 마리가 사라진, 미식의 바다에서
한 점 고래를 삼키며 그의 눈물을 오래도록 바라본다

달빛 아랫마을

벌써 열 번째다
주인은 먼저 알아보고 인사하는 법이 없다

나름 단골이라고 자처하며 가는 곳
조금 섭섭하기도 하고
아쉬움 같은 것이 있어 카운터에 벼르고 섰다

달빛 아랫마을 주인
곱상한 얼굴 단정한 옷차림
뒤로 틀어 올린 머리까지 참 단아한 여인이다

음식이 정갈하고 맛도 좋아서 자주 찾는 곳이다
눈인사라도 한 번 건네준다면
달빛 더 고울 텐데
표정 없는 얼굴로 몇 분이신가요?
저쪽에 앉으세요
뭐 드실래요

보리밥 한 그릇 쓱쓱 비빈다

콩나물 고사리 무채 호박나물
소고기 고추장이 서로 잘 어우러져
한 입 번지는 미소

주인은 맛에 공평한 친절을 베풀고 있었는지 모른다

산 그림자 짙어가는 저녁
마음과 달리 발길은,
오늘도, 달빛 아랫마을로 향하고 있다

마을회관

그녀들은 틈만 나면 싸운다
못과 망치처럼 콩닥콩닥 먼지 나도록 싸운다

몸빼 바지에 털 조끼를 교복처럼 입고 나와서
정규 수업인 양 열중인 그림 공부

동전 한 닢에도 질 수 없다며
불꽃 튀는 언어가 날마다 새롭다

싸움에도 내성이 생기는 것일까

손발바닥에 가시가 박혀도 탈탈 털고서
우리가 언제 싸웠어
'연분홍 치마가 봄바람에 휘날리더라'
애교 섞인 콧노래에 포도송이가 영글고
콩꽃 팥꽃이 함께 핀다

오늘도
한 줌, 알약을 털어 넣으며

누구의 무릎이 더 아팠을까 돌아보는 그녀들

오랜 수다는 그날그날의 반찬
굽은 허리로 고구마를 삶거나 호박죽을 끓여
그득그득 떠주며 많이 묵으라 권한다

씀바귀 같은 반찬도 꼭꼭 씹으면
달달한 맛이 돌 듯, 싸우다가 싸우다가도
무장무장 다정해지는 운교 마을 그녀들

독학생

대문도 없는 집, 현관문을 활짝 열어 놓고
칠월의 더위를 식히고 있다

계세요, 계세요 조용한 시골집에
낯선 목소리, 나갈까 말까
망설이는 동안 현관으로 한 발 들어서는 남자
누구세요, 라고 조심스럽게 물었다
남자는 개미핥기의 혓바닥처럼,
칫솔, 수세미, 쿨토시를 불쑥 내민다

공부하는 학생입니다
하나 팔아주시면 많은 도움이 되겠습니다
어정쩡한 곳에서의 짧은 시간이
어색한 침묵처럼 길게 흐른다

때맞춰 찾아온 이웃
아니, 저 총각 이태 전 우리 집에도 왔었는데
아직도 졸업을 못 했나 봐

구직 포기시대, 그는 평생 독학생
그래서 졸업을 안 하고 있는 걸까
물건을 못 팔면 가지 않을 기세로 버티고 선

지독한 생

제3부

꽃무릇

연두와 초록을 넘어 가을이다

바람 없는 바람으로 타는 불씨들
산비탈을 물들이고 못으로도 뛰어든다

포진처럼 띠를 이룬 불의 능선
고통이 넘치면 차라리 황홀이라 했던가
붉은 꽃 바다에서 몽유를 앓는다

반짝이는 시선으로 바라보면
서로의 가슴에 달이 뜨고
은물결 아래서도 빛나던 한순간을
참사랑이라 불러도 될까

못물 같은 눈동자에 번져 가던 꽃물결
지상의 시간을 마저 태운다

다가가 손 내밀어도 닿을 수 없는
늘 그리운 너와 나, 이제
옷깃을 여미고 또 한생을 기다려 볼까

사랑니

주먹을 꼭 쥐고 눈을 감는다
조명이 환하게 들어오고
작은 연장 소리들이 달그락거렸다

잠깐, 지축이 흔들 했던가

까마득한 시간들이 부풀어 올랐다
가지런한 뿌리들 사이 어디에도 그는 없다
동굴같이 텅 빈 자리를 더듬거려 본다

이 뺀 자리에 새살 찰 때까지
잘 다독거려야 할 거라며 의사는
둘둘 말린 솜, 한 뭉치를 물려준다

어금니를 꼭 깨물었다

맨드라미 꽃물 같은 울음이 가득 차올랐다

그리움도 몰래 삼키면

꽃으로 피어날 수 있다는데
눈물은 왜 한쪽으로만 흐르는 것일까
그가 써 놓고 간 계절성 우울이
귀뚜라미 소리로 읽히는 밤

사랑니 빠진 자리가 자꾸만 시리다

꽃잎 편지

안개꽃이 수놓아진 원피스를 입고
꽃밭에 앉아 있는 그녀
속삭이는 목소리에서 치자꽃 향기가 난다

뜰에 씨를 뿌리고
갈무리해 나누고
웃자란 나뭇가지를 다듬는 동안
그녀의 시계는 꽃들의 시간 속에서 흐른다

이른 아침 배송된 꽃송이를 받아들고
오랫동안 감격하고
이미 떨어진 꽃잎은 한 장 한 장 모아
숲으로 가는 우체통에 넣는다

꽃들은 피어서 밝힌 허공의 면적만큼
땅 위에 제 빛깔의 지분을 남기고 가는지
양귀비꽃은 양귀비 꽃잎만 하게
모란꽃은 모란 꽃잎만 하게
다시 환해진 꽃 진 자리들

나 없는 자리 또한 이렇게 밝아

제비꽃같이 여린 것들의 길 밝혀줄 수 있을까

봄빛 가득한 뜰에서 먼 봄날에게로 편지를 쓴다

백일홍

푸른 대밭을 배경으로 선 배롱나무 한 그루
석 달 열흘째 애도 중이다

꽃이 나무를 떠난 건지
아님, 나무가 꽃을 밀어낸 건지 알 수 없는 일이지만

백일홍, 마지막 꽃잎이 날린다

나무는 애써 잊으려 하지 않았다

인연으로 붉었던 한 때를
추억하고 그리며 애도하는 시간이다

하얀 손가락 같은 가지 끝에 매달린 꽃
젖은 상처가 마르고 가벼워져서 날린다

당신을 보내고
그 아득한 시간 속으로 당신을 떠나보내고

이슬도 차고 시린 늦가을
벌레 먹고 구겨진 몇 장의 이파리를 흔들며

나는 다시
한 그루 나목으로 서서 봄을 기다린다

별의 탄식은 은방울꽃으로 핀다

대숲 위로 떠오르는 보름달 같은
식탁 가장자리에 숟가락들이 놓인다

풋고추 멸치 볶는 소리
된장으로 무쳐 소복하게 담아낸 나물
살점 많은 갈치 가운데 토막이
노릇한 색깔로 구워지는 시간
된장국이 뚝배기 속에서 끓고 있다

하루를 건너오는 지친 발자국들
항아리를 채우고 비워 내길 반복하는 동안
자수정 같은 맛을 품던 씨간장처럼
너를 기다리며 보낸 계절의 맛은 그윽했지

데우던 국이 부르르 넘친다
푸른 가스불이 얼굴을 붉힌다, 기다림은
또 국이 끓고 식어가는 동안을
아무 말 없이 묵묵히 바라보는 일

온 식구들 둥근 식탁에 모여 앉아
높고 낮은 화음으로 들썩이는 저물녘

난초 그늘에 잠시 머물다, 숲으로 간 별 하나
푸른 탄식을 내뱉는 자리에
흰 은방울꽃이 피어나고 있다

어떤 여행
– 완화의료센터

주섬주섬 세간을 챙긴다

그를 놓칠세라 바짝 따라붙었다
여행자의 것이라곤 골피를 감싼 얇은 옷 한 벌

새들은 날마다 허공에 깃을 쳐
그가 걸었던 지상의 흔적을 지운다

수묵화 같은 병실에서 나는
허수아비의 눈으로 그를 바라볼 뿐이다

이곳의 시간은 찰나의 단위로 흐른다

손 바가지로 움켜쥔 물처럼 흰 눈이 녹고
함께 만들어 놓았던 시절이 형체를 흐리고 있다

병실의 공기가 날로 가벼워지고

창밖, 산수유나무 가지 끝에

한 마리 두 마리 수백 마리
노란 나비가 날아와 앉았다가 날아간다

그도 한 마리 나비 되어 날아갔을까

슬픔에 관한 소고
– 어떤 장례

젖지 않은 것이 없네요

땅 위에 부르튼 맨발로 선 꽃들이
다, 비에 젖고 있어요
짚불같이 사그라진 한 생의 부재를 들고
표정 없는 사내가 빈소에 듭니다
골짜기에 부려 놓은 하얀 국화
꽃들도 소리 죽여 운다는 말 들어 보셨나요
타는 울음으로 서서히 시들어 간다는 것
그때, 나는 밤이었어요
물밑 같은 어둠 속에 가라앉아
한 계절을 넘고 있었어요
아무도 없는 빈집, 기억을 지운 바람이
처마 끝에 거꾸로 매달려 있네요
고적한 집에 홀로 머물러 있는 것은
우기를 건너는 나만의 방식이에요

슬픔은 꽃의 빈자리를 따라 흐른다지요

마른 꽃을 거두어 불을 댑니다
한 줌 재가 된 어떤 꽃의 발자국

부부

제초제 한 번 쓰지 않은 땅은
수수 많은 풀들의 씨앗 창고 같다

괭이밥 쇠비름 봄까치꽃 강아지풀 달개비 바랭이가 다
투어 돋아나고
빗줄기 후드득 다녀가면
풀들의 질주가 시작된다
오늘은 무장을 하고 땅찾기 게임을 한다

가끔 고개 돌려 아내를 보면
햇빛 그을린 주름골에도
미소가 예쁜 웃음골에도
주근깨 같은 풀씨들
파종을 한 모양 점점이 붙어 있다

이제 그만하고 쉬어요

손은 쉬지 않고 풀을 매면서
허리 한 번 펴지 않고 풀을 매면서

서로에게 쉬자는 말만 되풀이한다

너무 더운데 우리 그만 쉬어요

텃밭처럼 싱싱한 그 말
소나무 한 그루 파란 그늘을 펼친다

강아지 밥 주기

딸이 분양 받아온 리트리버 강아지 한 마리
아빠는 얼마 남지 않은 시험공부에 신경을 써야지
강아지는 뭐하려 데려왔어, 핀잔을 준다

딸이 강아지 밥을 준다
어머, 잘 먹네 잘했어 칭찬 소리 끊이지 않는다
잘했어보다 왜 그랬어가 많았던 지난날을
되돌아보게 하는 시간이다

아들이 강아지 밥을 준다
앉아, 기다려, 손, 반복 훈련을 한다
제대한 지 몇 달이 지났는데 군기가 그대로다
고된 훈련을 거듭했을 아들,
옷장에 걸려 있는 군복에선 땀 냄새 여전하다

아빠가 강아지 밥을 준다.
"저리 좀 가라" "뛰지 말고, 기다리고 있어"
"이놈의 개새끼, 에그, 저 똥 좀 봐"
구시렁구시렁이 개밥그릇에 철철 넘친다

그래도 마냥 좋아서 꼬리를 흔드는
강아지의 말간 눈을 바라본다

파랗게 칠하고 싶다

올곧게 걸어온 신의 하루가
조금은 흐트러진 모습으로 저녁을 향해 놓인다

손을 씻어 노동의 피로를 털어 내고
여백 없는 둥지를 무심히 둘러본다

반쯤 열려 있는 시집간 딸의 방
침대 위에 베개와 이불이 구름처럼 떠 있고
버리지 못한 추억이 대책 없이 쌓여 있다

샛별을 찾아 힘차게 날아오른 아들 방
둥지에 솜털 그대로 남겨둔 채 굳게 잠겨 있다
주방으로 간다

벽에 등을 대고 서 있는 육중한 문을 연다
입실 연도를 알 수 없는 봉지들 우르르 떨어진다
얼었다가 녹았다가 푸석해진 소재들

북적이던 식구들 이제 없는데

꽝꽝 언 뭉치들 버리지 못해
봄이 오지 않은 것일까

무거운 이야기는 읽기 싫은 소설처럼
빠르게 넘겨 버리고 가볍게,
소프트한 생의 그림을 파랗게 칠하고 싶다

내 생의 가을

1

계란말이가 예쁘게 되지 않고
누룽지처럼 들러붙은 팬을
버리지 못하고 있다

이가 나가서 설거지할 때마다
턱턱 걸리는 좋아했던 사기그릇을
버리지 못하고 있다

속이 누렇게 변해서 흉한 머그잔에
커피를 타서 마시며 이것을 언제 버릴까
생각만 하고 있다

버릴 것은 버려야 하는데
잘 쓰지도 않는 많은 사물들이
가득 차 있는 내 마음속엔
더 이상 새로운 것이 들지 않는다

2

늘어나는 것이 나이뿐일까

문득, 굵어진 허리 살
장롱 속에 쌓여 있는 옷
건강식품의 가짓수
아침마다 챙기는 알약
깊어지는 주름살

번뇌는 비우고 사유는 깊어져
마음 풍요로운 내 생의 가을은
올 것인가, 와서
오색 단풍잎처럼
곱게 물들 수 있을 것인가

3

화장을 지우다 말고 거울을 본다

하얗게 분칠한 게이샤의 얼굴처럼

거품으로 가려진 자화상

도드라진 눈과 입

온갖 사연들이 스쳐간 자리

분절된 물방울들의 소리가 요란하다

하루치 노폐물이 걷히고

맑은 거울 속에 남은 흔적

구겨진 시간을 펴고

풀어진 날들을 헹궈 보아도

지워지지 않는 물의 발자국들 하얗다

쏟아질 듯 물기 서린 그렁한 눈망울

구름이 가득 찬 꼭지를 건드리면

쪼르륵 푸른 물 쏟아질 것 같은

물방울 하나 내 안에 살고 있다

이상한 꿈

꽃과 나무가 숲을 키우는 정원
접시꽃 위로 빗방울이 떨어집니다
당신은 깊고 푸른 그림자를 늘어뜨려
다정한 꽃길을 만들어주었죠

온갖 소리들이 귓속을 저미는 날
그 소리 속에서 잠깐
당신의 음성이 들렸는지 아니었는지
스르르 까만 시간 속으로 빠져듭니다

붉은 접시꽃 도열한 풍경 끝에서
웃다가 울다가 옷자락 펄럭이며 가는 뒷모습
두 손을 휘저으며 불러 봤지만
소리가 되어 나오지 못한 말, 말, 말들

그리움으로 헐거워지는 나의 일상
어둠 속을 뒤척이는 의성어들이
베개 밑에 수북이 쌓이는 새벽
나는 여명의 긴 그림자를 세워 봅니다

시중유화詩中有花

고개 숙인 한 그루 해바라기
거실 액자 속에서 환하게 웃고 있다
나는 닫아 놓았던 창을 넘긴다
햇살 몇 가닥이 들어와 도화지를 펼친다

크고 화려한 꽃을 그리던
마디 굵은 손가락을 들여다보며
골똘한 시간에 잠기는 날이 많아졌다

그러는 동안 나의 뜰에는
제비꽃이 왔다가고
초롱꽃이 문을 두드린다

그리고 그리다가 지운 수묵의 시간
계절을 넘나들며 피고 진 꽃무리
그 환했던 자리는 가뭇없고
한 송이 꽃을 향한 나의 고독은 길다

오랫동안 비가 내렸다

젖은 몸으로 누워
여기가 바닥이라고 느꼈을 때
어디선가 향긋한 바람이 일고
꽃들이 일어선다

높고 낮은 언덕에서 한없이 넘어지고
일어나기를 반복했던 나의 계절들
해바라기 꽃 한 송이
빛을 향한 간절한 기도는, 파란 하늘에
빛나는 보석을 촘촘히 걸어 놓았다

내가 서 있는 뜰,
지금 이 자리가 그토록 찾아 헤매던
그림이고 시가 아니었을까

원고지를 찢을 때

바탕이 하얀 종족은
붉은색을 더 붉게 끌어당기는 힘이 있다
너를 가까이하게 된 이후로
자주 갈등했고 시름에 잠긴 날들이 많았다
외로운 사랑을 하다가 잠이 들었고
꿈속을 헤매다가 귀착점에 서면
파리한 눈빛들이 가득한 백지 위에
속 빈 눈물의 줄기 같은 문장들
나의 체위는 바뀌질 않아서
자주 어지럼증이 일어나기도 했다
물구나무로 서서 보고 뒤집어 읽어 보아도
못다 부른 노래로 저무는 날이 많았다
자작나무 숲으로 숨어들고 싶은 밤
습작한 종이도 날을 세워 그 모서리에
쓰윽 손가락을 베인 적도 있었다
구겨져서 버려질 창백한 얼굴들
향나무 속 흑심 품은 연필 한 자루
붉은 장미의 꽃물이 배어나고 있다
장미 꽃물과 장미 가시로

위험한 구중궁궐에 문신을 하듯
나는 다시 원고지를 찢고 또 찢는 것이다

내가 시를 쓰지 못한 이유

비 오는 날엔 비에 젖은 꽃잎이
바람 좋은 날엔 일렁이는 잎새
그 몸짓만으로도 한 편의 시가 되기 때문

한 줄의 시를 찾아 오래도록 헤매었지만
뜰에 핀 얼레지 한 점도 못 되는
초라한 문장을 안고 애달파했던 날

텃새들의 생생한 화음 한 가락은
띠뿌리처럼 번져가던 생각을 일순 지워 버리고
너 없고 나도 없는 향기를 덧칠해준다

벚꽃 길 따라 연둣빛 따라
멀리 가는 여행이 아니라도 좋다

풀물 들어 늘 까만 손톱이라도 어둡지 않게
손끝으로, 발끝으로 매만진 뜰에 서면
꽃과 나무의 미소가 바로 시라는 걸

제4부

철든다는 말

늘 받기만 했던 딸이었다

힘들면 쪼르르 달려가
맘 놓고 눈물바람 하는 딸에게
엄마는, 냉이 달래 봄나물 다듬다 말고
먼 산 한 번 보시며 중얼중얼하신다

"살다 보면 좋은 일도 있고
궂은일도 있는 법이제
어찌 하냥 좋은 일만 있당가
아들 딸 키우면서 그냥저냥 사는 것이 인생이여
야야 봐라 꽃이 참 곱다"

사립 앞 연보랏빛 멀구슬꽃 바람에 흩날린다
훔친 눈물로 포개진 뜰
묵직하게 가슴을 누른 날, 엄마 없는 친정집

봄 햇살이 진을 치고 않았다가 떠난 오후
민들레꽃 활짝 피었다

조롱박에 뜬 별

헐거워진 나날을 당기듯
흰 명주실이 바늘을 따라 팽팽해진다

박꽃 하얗게 피어나던 밤
담장을 붙들고 조롱조롱 자란 박들
가을이 깊어가던 날 아버지는
잘 익은 박을 타서 바가지를 만들곤 하셨다

시간은 한 방향으로 흘러 솔잎 우수수 떨어지고
은발의 아버지는 먼 길 떠나셨지만
바가지는 남아서 쌀독을 지키고 있다

아슬아슬 조각 날 것 같았던 시간들
삶 또한 깨진 바가지 깁듯 기워 나가셨을까
한 땀 한 땀 기워진 바가지에 별이 떠 있다

금 간 바가지 하나 허투루 보지 않았던 어머니
굽은 허리에 철심 끼워 바로 세워진 척추처럼
아귀 맞춰 기워진 둥근 박 바가지

손때 묻은 자리마다 검버섯 피어 붉다

당신 아닌, 자식들 위해 넓은 그늘로 살다가
겨울 억새밭같이 푸석해진 어머니
기워진 박 바가지 바라보며 빈 세월을 읽는다

아카시아 흰 꽃 주머니를 흔들면

남새밭 푸성귀 한 광주리 이고
시장에 간 엄마를 기다린다
온다, 안 온다, 푸른 잎 한 장씩 떼어 내며
더디 가는 시간을 달랬었다

잎사귀와 잎사귀가 마주 보고
등을 토닥거려주는 동안
꽃은 무른 상처 위에 향기를 더 했을까

동구 밖으로 향하던 마음 그만 아득해져
마루에 팔을 베고 누웠다

혼자 꾸는 꿈처럼
가닿지 못한 가슴 한쪽이 시려워서
꽃은 흰 주머니를 내거는 것일까
숭어리마다 매달려 붕붕 거리는 벌떼들

방울방울 그리움으로 남아 있는
아카시아 흰 꽃 주머니를 흔들면

먼 데서 달려올 것만 같은 엄마, 어머니

그 말

효부요양원 202호 침상에
그믐달처럼 몸을 말고 누워 계신 어머니

종일 검사 받느라 얼마나 힘이 드셨을까
"어르신 성함이 어떻게 되신가요?"
의사의 질문에 눈만 겨우 뜨다가
"사시는 동네는 어디신가요"
또 묻자 눈꺼풀만 겨우 치켜 올리신다

의사는 날 가리키며
"그럼 이 사람은 누구요?" 묻자
"갸가 우리 셋째 딸이여" 대답한다
"자식이 몇인데요?"
"딸 다섯 아들 둘"

"그럼 일곱 남매를 두셨네요?"
"딸 다섯 아들 둘이랑께"

야윈 가슴 끝에 방울방울 매달린

바람의 발자국 같은 무쇠의 조각과도 같은

단단한 그 말

자미화에 대한 감정

― 휠체어를 밀며

강변에 도열한 배롱나무에 누가 불을 댔을까
물속으로 뛰어드는 꽃잎들
석양에 반영된 물그림자가 빨갛다

"엄마 저 꽃 이름이 뭔 줄 알아"
"……몰라"
한 숭어리의 꽃을 꺾어 무릎에 얹어주었다

나뭇가지 같은 흰 손이 꽃을 어르다가
목소리에 힘을 준다

"저 나무 달여 먹으면 없던 애도 생긴다는데 맞지도 않
는 말이어야
고깔봉에 사는 내 친구 말이여
끝내 애 못 낳고 구박만 받다 갔응께"

그 말뜻을 몰라
고개 끄덕여 말대답을 해주곤, 검색창을 열었다
활혈, 혈붕에 약재로 쓰였다지

114

화려하게 피었다 촛불 꺼지듯 사라지는 것이 꽃뿐일까

기울어진 계절을 건너는 어머니의 야윈 어깨 위로
백일홍 꽃숭어리 같은 노을이 물들고 있다

집으로 가자

녹슨 대문을 밀었다 개망초와 가시박이 서로 엉켜 길을
막아선다 잠시 주춤거리다가 초록 갈피를 넘겨가며 토방
에 올라섰다 흰 고무신 속에서 새끼 거미들이 벌벌벌 흩어
진다 세간들은 쓰러진 어머니를 모시고 서둘러 떠난 시간
에 정물화처럼 멈춰 있다

노란 해바라기가 그려진
요즘 유행하는 패션 고무신 한 켤레를
누워만 계신 어머니께 내밀었다

"아가, 나는 언제쯤 집으로 갈거나 와, 요렇게 뉘 있다간
영 못 가는 것 아녀"

신발을 신었던 기억마저 놓친 것일까
삭정이 같은 손으로 고무신을 꼭 쥐고 돌아갈 집을 그리
는 어머니

"그러니까 누워서도 다리 운동을 부지런히 하랑께 자전
거 타듯 이렇게 말이여"

금방이라도 대문을 밀고 들어설 것 같은

어머니의 뜰, 무성한 녹음 속에서

저물도록 눈 감지 못한 물기 젖은 어머니의 독백이 들린다

기일

풋것 귀한 삼동에 먹을 거라며
봄부터 말려 놓은 묵나물이 광주리를 넘는다

취나물
고사리
쑥부쟁이
곤드레
다래 순
찔레 순
오가피
무청
우거지
홑잎나물
마른죽순

신발에 흙 가실 날 없이
산과 들로 오가시던 어머니

삼동

제상에 그림처럼 앉아서
묵나물 드시고 계실까

빈틈도 방향이 있다
– 샘을 파다

떠도는 물방울을 불러 본다

나지막한 산언덕 외딴집
오리쯤 떨어진 우물에서 물을 길어 머리에 이고
거친 들길을 사계절 오고가야 했던
물이 귀한 집의 딸들
편두통을 앓던 아버지는 어느 날
뒤뜰 감나무 둥치를 쪼아대던 딱따구리처럼
지층을 쪼아대기 시작했다

그믐달이 차올라서 만월이 되고
아버지의 손바닥엔 물집이 생겼다가 헐렸다가
옹이처럼 못이 박혀 굳어가던 나날이 이어졌다
탐지봉의 끝은 물의 맥을 짚어주었지만
돌이 되기 전 흙은 바위보다 단단하다

삽과 괭이로도 건드릴 수 없는 촘촘한 물방울
흙의 빈틈에도 방향이 있었을까
층층 지하에서 빛으로 향한 물줄기들

수천 수만 톤의 무게를 밀고 힘차게 올라온다
물의 입자들이 가득 차오르던 날 밤

달빛보다 더 환한 아버지의 이마에
방금 우주를 돌아 나온 물방울 하나 똑 떨어진다

아버지의 시계

끼니를 고구마로 때우던 날이 있었다

고구마를 먹다 보면 목이 멜 때가 있다
작은 주먹으로 가슴을 콩콩 두드리면
겨울 밤 아랫목 같은 아버지의 목소리가 들린다

행여 입이라도 데일까 목이라도 메일까
시간 맞춰 아궁이에 불을 지폈을
아버지의 시계

내 유년의 창고를 열면
아버지와 민들레꽃과 돌담을 데우던 햇살과
멀구슬나무 열매를 쪼아대는 까치 소리와
부뚜막에 앉아 고구마를 먹고 있는 작은 아이가 온다

비를 머금은 구름처럼 마음이 흐린 날
부뚜막 같은 아버지의 손을 살며시 잡아 본다

"아가, 고구마 먹을 때는

싱건지 국물도 마셔감시로 천천히 묵어라"
소나기는 금방 지나가는 거란다

꿈을 꾼다는 것

꽃무늬 벽지가 누렇게 바랜 작은방
오래된 궤짝은 아버지의 섬

저 섬 안에는 무엇이 있을까

상상을 뛰어넘은 궁금증은
나비와 꽃구름이 되어 피어오르고
아버지의 그림자를 살금 따라가면
작은 박물관에 진귀한 물건들이 가득할 것 같아
그 섬을 동경했지만 보이지 않은 경계가 있어
농도 짙은 꿈으로만 부풀었다

아버지의 기침 소리 문득 멈추고
섬으로 이어지던 물음표가 펼쳐지던 날
궤짝 속에는, 손때 묻은 몇 권의 고서와
몇 장의 지폐가 들어 있었을 뿐

무한대의 꿈을 꾸게 했던 아버지의 섬은
보이지 않게 연출된 꿈의 보석 상자

오래된 궤짝에 한지를 바르고
고장 난 경첩을 새로 달았다
그리고 우리는 다시 꿈을 꾸었으리라

진돌이 부처

알록달록한 캔디처럼
향기로 그윽했던 뜰이 초록으로 단단해지고 있다

마당가 소나무에 매어진 진돗개도
가는 봄을 붙잡고 싶은 것인지
허공을 휘적거리곤 하다가
불두화 환한 그늘에 부처인 양 앉아 있기도 한다

저 희고 당당했던 체구
뒷다리를 꿇고 앞다리를 세운 자세가
등이 살짝 굽은 아버지의 모습과 닮았다

비록 한데서 보낸 한 평, 생이지만
불만 없이 집을 지킨 질긴 목줄

이 땅 모든 아버지의 삶이 저러했을까

식구를 향한 집념이 하루하루의 고단을 털고
집으로 돌아오게끔 하는 목줄이었을까

매어진 몸, 한 평 동그라미 안에서
웅크린 채 잠을 자고 밥을 먹고 꿈을 꾸고
가끔은,
불두화 환한 그늘의 부처로 앉기도 한다

칸나

땅 주름 뒤집어 묻어둔 꽃씨 한 점
오래된 정원의 배경이 되었다

만 갈래로 펼친 바람에 활짝 웃던
구름 낀 날에도 환한 그늘 내주던
언니가 제일 좋아했던 붉은 칸나

농번기를 끝내고 행상 나간 엄마를 대신해
병아리 같은 동생들을 챙기던 큰언니
쩍쩍 갈라진 언 손으로 아궁이에 불을 지피고
둥근 밥상을 들고 나르던
식구들 수저 소리 분주해도
자리에 앉지 않고 숭늉을 끓이던
아래로 흐르던 지극한 사랑
빗방울의 음계를 딛고 층층이 피는 꽃

우리 서로 손잡고 다시 부를 노래가 있어
지상의 초록은 고운 색을 품었으리라
서쪽으로 열린 창이 붉게 물드는 저녁

칸나는 또 한 계절을 건너고 있다

우리 집 꽃밭

내가, 마당이 딸린 집에 사는 까닭은
꽃빛 거느린 아이가 오면
민들레 씨앗, 후우우 불어도 보고
제비꽃 반지도 만들어주고
토끼풀 시계도 만들어주고
감꽃으로 목걸이도 만들어주려는 거야

내가, 호미를 들고 사는 까닭은
풀빛 거느린 아이가 오면
솔잎 낙엽 긁어모아 불을 지피고
감자랑 고구마를 구워 먹다가
굴뚝새처럼 까만 얼굴 바라보며
까르르 까르르 웃게 해주려는 거야

내가, 조용하고 추운 집에 사는 까닭은
별빛 거느린 아이가 오면
한겨울 밤 솜이불 속에서
눈송이 같은 시를 노래해주려는 거야

그 아이, 젖은 생에 한 번쯤 넘어져도
툭툭 털고 일어나겠지
깨진 무릎에 멍이 들어도 괜찮아
괜찮아, 들꽃처럼 웃으며 걸어가겠지

벌써부터 환해진 우리 집 꽃밭

추석 전날

흘러간 세월만큼 차창 밖 풍경 또한 하루가 다르게 변해 간다. 초록 초록바람에 하늘거리던 논, 노란 물이 곱게 들었다. 밤나무가 앙칼진 가시 속에 맨들맨들한 알밤을 야무지게 키워 내는 계절, 그리운 사람들이 기다리고 있는 고향집이다. 마당엔 백일홍이 아직도 피고 지고, 감나무 밑에 핀 분꽃은 큰언니처럼 나를 반긴다. 부엌에서는 솔솔 풍기는 고소한 냄새, 늙으신 어머니는 부엌일에서 손 떼고 마루에 앉아 가만히 바라보고만 계신다. 어머니의 알밤들이 하나둘 모여들었다. 손아래 올케는 동태전과 산적을 능숙한 솜씨로 지져 내고, 큰언니 작은언니는 마당가 걸 솥에 댓잎을 깔고 민어며 조기 양태 서대 등 생선을 보기 좋게 얹어 쪄 내고 있다. 넷째 동생은 보이는 대로 닥치는 대로 치우고 쓸고 닦고 하는 바람에 늘 긴장을 하시는 어머니. 멋만 부리고 요리는 못하게 생긴 멋쟁이 막냇동생이 오색 나물을 무쳐서 먹음직스럽게 담아 놓은 걸 보시고 미소 짓는다. 남동생은 전정가위를 들고 웃자란 나뭇가지를 손질중이다. 어린 조카들은 저희들끼리 메뚜기 잡기 놀이에 신나는 게임을 하다가 이내 떨어져서 뒹구는 감으로 공치기를 하고 논다.

나는 눈썹 창 너머로 추석 풍경을 아득하게 그려 본다.
내 어릴 적 아버지처럼

김장하는 날

속이 꽉 찬 배추를 반으로 갈라
한 줌 소금꽃을 놓는다

무 당근 대파 쪽파 미나리와 갓을 다듬고 씻어 헹군다
마늘 생강 새우젓 멸치젓 사과 배 양파를 갈고 청각을
다지고
북어 대가리며 멸치 다시마 표고를 우린 물에
찹쌀 풀을 쑤고 고춧가루를 더한다

각기 다른 맛과 향을 가진 재료들이
손맛과 함께 곱게 물들어가는 순간이 경이롭다

아궁이에선 장작불이 따스하고
수육 삶는 냄새가 피어오르면
평상 위에 둘러앉은 빨간 장갑들
절여진 배추에 양념소를 넣는다
속잎을 뜯어 간을 보라며 서로의 입에 넣어준다
싱싱한 배추가 푸른 들의 기억을 지우고
도톰하게 썰은 수육이 곁들여지면

입꼬리들이 빨갛게 물들어 간다

어머니 그 먼, 어머니로부터 내려온
조금은 힘들고 불편할 수 있는
이 정겨운 풍경과 넘치는 웃음들을 언제까지 볼 수 있을까

하루치 햇살을 김칫독에 모두 담고
늦가을 노을처럼 붉어진 손, 손들

병아리콩

어느 사막을 건너왔을까
바짝 말라 쪼글쪼글한 콩

병아리콩이라고 쓰인 봉지를 가르자
와르르 쏟아지는 마른 눈빛들
방습된 표정들을 꽉 쥐어 본다

그릇에 담고 물을 부어주면
눈을 뜨고
날개를 펼치고
부리와
몸통과
작디작은 발이 돋아날까

모로 기운 생각은 다양한 색과 모양을 지우고
보고 싶은 것만 보고 듣고 싶은 소리만 듣는다

콩의 둥근 모양이
진실의 전부인 양 볼륨을 높이다가

둥글다, 둥글다, 둥글다니까
오류의 소란이 부풀어 오른다

쇠젓가락처럼
딱딱하고 차갑고 날 선 공방들
틈새를 낚아채는 유튜버들의 눈빛

바람 앞에 나뭇잎 같은 눈과 귀는
얼마큼 단단해져야
달의 뒷면을 볼 수 있을까

밥의 시간

이른 아침, 물까치 떼 깍깍대는 텃밭으로 간다

블루베리 토마토 오이 고추 복분자
풀매고 넝쿨 정리해가면서 기껏 키워놨더니
새들은 차려진 밥상인 양
저공비행하면서 야단법석들이다

훠이훠이 소리쳐 쫓아 보아도
허공에 던진 돌처럼 가라앉는 메아리

그래, 꽃도 보고 열매도 봤으니 그만 아닌가
마음을 돌려 집으로 향하는데
블루베리 나무 밑,
어지럽게 흩어진 피 묻은 깃털들
거기, 고요를 깬 아침이 모여 있었다

먹고사는 일이란 때론 추락과 비굴을 견뎌 내는 일
그것이 하늘을 나는 새이거나
한 마리 들고양이일지라도

한 끼의 밥을 위해 벼르던 순간
수없이 파닥거렸을 날개와 발톱 사이

나는 흙을 헤집어 목숨과 바꾼 밥의 시간을 나무 아래
묻어주었다

살아 있는 모든 존재들은
너나없이 늘, 배고프고 외롭고 아파서 파닥거리는 중이
아닐까

밥상 앞에 앉는다

쌀밥에 풋고추 상추와 된장이 놓인 식탁
밥 한 술 입에 들인다는 것
차마, 울컥 치미는 지극한 일이다

삶이라고 불리는 것들

고재종 시인

1. 상실

세계적인 명저 『사랑의 단상』을 쓴 프랑스 현대 사상가 롤랑 바르트가 어머니를 여의고 이후 2년간 써내려간 지독하리만치 집요한 상실의 슬픔에 대한 기록이 『애도 일기』이다. 그는 그 상실의 슬픔 앞에서 "나는 그 어느 곳으로도 도망갈 수가 없다. 파리로도, 여행으로도, 나는 이제 숨을 곳이 없다."고 말한다. 그렇다. 외로움과 괴로움, 후회와 탄식, 좌절과 절망, 서러움과 우울, 비참과 공허 등 이렇게도 저렇게도 안 되는 삶의 신산함과 상처를 안고 도망가서 그래도 마지막 숨을 곳이 어머니 품이거나 사랑하는 사람의 가슴속이 아니던가. 그 속에서 우리는 목 놓아 울 수 있지 않았던가. 그런 삶의 피난처가 어느 날 사라져버린 채

허허벌판 사막에 문득 홀로 서 있게 된 처지라면 어떠하겠는가.

그런데 그런 처지에 대한 자각은 사실 그보다 앞선, 말로 다할 수 없는 감정이 있고 난 뒤의 일이다. 다름 아닌, 이제 "두 번 다시 볼 수 없구나, 두 번 다시 만날 수 없구나!"라는 생각이 문득 오목가슴에 주는 '타격' 말이다. 겪어 보지 않는 사람은 결코 모를 그 상실감은 그것이 곧 "거대하고 긴 슬픔의 성대한 시작"이라는 것을 누군들 짐작할 수나 있겠는가. 김혜순 시인은 『공중의 복화술』에서 그런 슬픔이 표출되지 못하게 냉동실에 넣으면 이 슬픔의 얼음덩이 때문에 점점 커져 냉장고가 빙산만큼 커진다고 말한다. "슬픔은 관계라는데, 슬픔은 너와 나 사이에 있다는데, 상대가 없었다면 슬픔도 없다는데" 늘 존재하다가 어느 날 사라진 너로 인해 "억수 같은 슬픔이 나를 때린다. …위가 쓰리고, 두통이 발작한다. 이 세상만큼 어머어마한 슬픔이 나를 잠식한다."고 말한다. 네가 존재함으로 내가 존재하고 네가 부재함으로 나도 부재함을 느끼는, 그 끊어진 연결의 확인은 너무나 큰 아픔과 울음을 수반할 수밖에 없다.

그 아픔과 울음이 닥치고야 만 고통을 "맨드라미 꽃물 같은 울음이 가득 차올랐다"고 한 줄로 정의해 버린 시인이 여기 있다. 전경숙이다.

주먹을 꼭 쥐고 눈을 감는다
조명이 환하게 들어오고
작은 연장 소리들이 달그락거렸다

잠깐, 지축이 흔들 했던가

까마득한 시간들이 부풀어 올랐다
가지런한 뿌리들 사이 어디에도 그는 없다
동굴같이 텅 빈 자리를 더듬거려 본다

이 뺀 자리에 새살 찰 때까지
잘 다독거려야 할 거라며 의사는
둘둘 말린 솜, 한 뭉치를 물려준다

어금니를 꽉 깨물었다

맨드라미 꽃물 같은 울음이 가득 차올랐다

그리움도 몰래 삼키면
꽃으로 피어날 수 있다는데
눈물은 왜 한쪽으로만 흐르는 것일까
그가 써 놓고 간 계절성 우울이
귀뚜라미 소리로 읽히는 밤

사랑니 빠진 자리가 자꾸만 시리다

― 「사랑니」 전문

  이 시의 표면 구조는 사랑니 빼는 고통에 대한 이야기이다. 사랑니는 곧 생니를 빼는 것이니 아무리 마취 주사를 놓고 한단들 그 고통으로 지축이 흔들릴 만도 하리라. 그런데 그 사랑니는 다음 연에서 바로 '그'로 바뀌고 있다. 사랑니가 곧 '그'이니 그는 분명 사랑하는 사람이리라. 필시 연인이거나 배우자일 것이다. 그러한 그가 "가지런한 뿌리들 사이" 곧 가족들 사이에서 느닷없이 빠지게 되니 지축이 흔들릴 만한 고통인들 왜 없으랴. 그가 빠진 자리는 "동굴같이 텅 빈 자리"가 되고 "까마득한 시간들"은 부풀어 오른다. 그 까마득한 시간들은 어쩌면 기원의 시간부터 오늘까지가 사라지는 시간일 것이다. 첫 만남이라는 기원부터, 사랑하고 가족을 이루고 또 사랑하다, 오늘 갑자기 영원한 이별의 순간을 맞이한 이 시간까지가 어찌 까마득한 시간이 아니겠는가. 그것이 황홀이건 슬픔이건, 기쁨이건 상처이건, 행복이건 괴로움이건, 그로 인해 울고 웃던 시간들이 오늘 갑자기 시간 밖인 영원 속으로 사라져 버리는 이 까마득함을 타인인 우리들이 어찌 알겠는가.

  의사는 말한다. "이 뺀 자리에 새살 찰 때까지/잘 다독거려야 할 거라"고. 그러면서 둘둘 말린 솜 한 뭉치를 물려준다. 그 의사처럼 타인인 우리도 줄곧 몇 마디 위로를 건네며 다독거려 줄 뿐이다. 둘둘 말린 솜처럼 부드럽고 다사롭고 도톰한 말로 상실의 상처를 닦아주고 쓸어주고 덮어줄 것처럼. 하지만 우리는 사실 타인의 고통에 얼마나 무감각한지 모른다. 상실의 고통을 겪는 자에게 우리는 타인이며, 우리 입장에서는 상실의 고통을 겪는 자 역시 타인일 뿐이다. 수전 손택의『타인의 고통』이란 책은 우리가 타인의 고통에 대해 얼마나 무감각해질 수 있는지, 그리고 동시에 얼마나 깊이 상처받을 수 있는 존재인지를 냉혹하게 들춰낸다. 그는 9·11 세계무역센터 폭파 사건을 비롯해 미국이 주도한 이라크전쟁 전후의 현실 정세에 대한 '지적' 개입으로서의 글쓰기를 통해 "사진 없는 전쟁, 즉 저 뛰어난 전쟁의 미학을 갖추지 않은 전쟁은 존재하지 않는다."고 한다. 전쟁이나 참화를 찍은 사진, 곧 자극적인 이미지를 통해 우리는 타인의 고통을 소비하기에, 그 고통의 이미지를 담는 행위는 일종의 '포르노그래피'가 되고, 이미지를 보는 행위는 '관음증'으로 변한다고 지적하고 있다.

물론 수전 손택은 사회 정치적인 고통에 대해 말하지만, 전경숙의 시처럼 개인적인 고통도 사진 이미지를 통해 전쟁을 이해하는 것처럼 의사가 물려주는 돌돌 말린 솜뭉치 같은 위로 몇 마디로 상실을 겪은 사람의 고통을 다 이해한 듯할 뿐인 것이다. 그러기에 아무리 어금니를 꽉 깨물어도 사랑니, 곧 그가 빠진 자리에선 "맨드라미 꽃물 같은 울음이 가득 차"오른다. 닭벼슬을 닮았다고 하는 커다란 맨드라미꽃은 진한 핏빛이다. 그러기에 '핏빛 울음'이라고 나 해야 할 그 울음을 "맨드라미 꽃물 같은 울음"으로 감각 화 하니, 그 고통과 울음의 강도는 더욱 강렬하고 선명하다. 감히 돌돌 말린 솜뭉치 같은 위로 정도로는 다가가지 못할 울음이다.

전경숙의 이번 첫 시집 3부는 그렇게 사랑한 사람의 상실로 인한 여러 고통을 변주한 시로 가득하다. 「꽃무릇」에선 "고통이 넘치면 차라리 황홀이라 했던가/붉은 꽃 바다에서 몽유를 앓"지만 "다가가 손 내밀어도 닿을 수 없는" 지독한 그리움에 목이 메고, 「백일홍」에선 백일홍 꽃 피는 석 달 열흘의 시간을 "인연으로 붉었던 한 때를/추억하고 그리며 애도하는 시간"으로 명명하며, 「별의 탄식은 은방울꽃으로 핀다」에선 "온 식구들 둥근 식탁에 모여 앉아/높고 낮은 화음으로 들썩이는 저물녘" "숲으로 간 별 하나/푸른 탄식을 내뱉는 자리에/흰 은방울꽃이 피어나고 있다"고 애통해 한다.

2. 존엄

이런 사랑하는 사람들의 상실도 시간이 지나면 추억이 된다. 너무도 당연하게도 그 추억은 우리를 부른다. 그중에서도 부모님에 대한 추억은 항상 노동과 가난과 생활 그리고 내 인생의 뼈대가 되어주는 언어 곧 말씀으로 추억된다. 미국 시인 랭스턴 휴즈의 시 「어머니가 아들에게 (Mother to Son)」엔 "인생은 수정 계단(crystal stair)이 아니었단다."라고 하는 한 어머니의 독백 형식으로 이루어져 있다. 삶이 수정계단처럼 매끄럽지 않음을 강조하며 못, 찢긴 판자, 어둠 등의 이미지를 통해 고난의 현실을 표현한다. 그러면서도 어머니는 아들에게 삶의 여정의 상징인 '계단'을 오르듯 "멈추지 말고 올라가라"고 당부하며 끈기와 희망의 메시지를 전한다.

그런데 전경숙 시인에게도 힘들면 쪼르르 달려가 맘 놓고 눈물바람 하는 딸에게 "살다 보면 좋은 일도 있고/궂은 일도 있는 법이제/어찌 하냥 좋은 일만 있당가/아들 딸 키우면서 그냥저냥 사는 것이 인생이여/야야 봐라 꽃이 참 곱다"(「철든다는 말」)며 담담하지만 주옥같은 말씀으로 달래주는 어머니가 계셨다. 어머니 혹은 아버지는 그런 말씀의 철학을 언제나 당신들의 삶 곧 생활로 보여주셨다. 다음의 진정성이 핍진하게 묻어나는, 그러기에 더더욱 아름다운 시를 보자.

헐거워진 나날을 당기듯
흰 명주실이 바늘을 따라 팽팽해진다

박꽃 하얗게 피어나던 밤
담장을 붙들고 조롱조롱 자란 박들
가을이 깊어가던 날 아버지는
잘 익은 박을 타서 바가지를 만들곤 하셨다

시간은 한 방향으로 흘러 솔잎 우수수 떨어지고
은발의 아버지는 먼 길 떠나셨지만
바가지는 남아서 쌀독을 지키고 있다

아슬아슬 조각 날 것 같았던 시간들
삶 또한 깨진 바가지 깁듯 기워 나가셨을까
한 땀 한 땀 기워진 바가지에 별이 떠 있다

금 간 바가지 하나 허투루 보지 않았던 어머니
굽은 허리에 철심 끼워 바로 세워진 척추처럼
아귀 맞춰 기워진 둥근 박 바가지
손때 묻은 자리마다 검버섯 피어 붉다

당신 아닌, 자식들 위해 넓은 그늘로 살다가
겨울 억새밭같이 푸석해진 어머니
기워진 박 바가지 바라보며 빈 세월을 읽는다

—「조롱박에 뜬 별」전문

아주아주 오래전, 옛날이라 해도 좋을 50~60년 전 우리들의 시골 초가집 지붕 위엔 박꽃이 하얗게 피고, 이윽고 조롱조롱 맺힌 박들이 밝은 달빛에 둥글게 둥글게 익어가던 시절이 있었다. 가을이면 그렇게 잘 익은 박을 타서 우리의 아버지들은 바가지를 만들곤 하였다. 그 바가지들은 물을 뜨는 데 쓰면 물바가지, 쌀독에서 쌀을 푸는 데 쓰면 쌀바가지 등으로 다양하게 사용되었다. 그렇게 사용하다 보면 당연히 바가지들은 플라스틱도 스테인리스도 아닌 천연 소재라서 금 가거나 깨지기 마련이었다. 그런 바가지를 그냥 버리지 않고 우리 어머니들은 금 간 조각, 깨진 조각들을 잘 맞추어 흰 명주실로 곱게 기웠다. 그건 "아슬아슬 조각 날 것 같았던" 삶의 시간들을 "한 땀 한 땀" 깁는 행위였다. "금 간 바가지 하나 허투루 보지 않았던 어머니/굽은 허리에 철심 끼워 바로 세워진 척추처럼" 깨지거나 부러진 삶의 척추를 바르게 세우는 일이었다. 박 바가지처럼 쉽게 깨지거나 연약한 삶을 깁고 기워서 둥글고 면면하게 이어온 삶의 여정은 지금은 비록 손때 묻고 검버섯 피고 푸석해져 있을지라도, 그리고 그 삶을 이어온 부모들은 이제 먼 길 떠나셨을지라도 시인에겐 인생의 '별'로 추억된다. 물 담긴 조롱박에 뜬 푸른 별 말이다.

어찌 아니랴. 요양원에 입원하여 종일 검사 받느라 정신이 오락가락하는 어머니가 의사가 의식을 깨우느라 유도하는 여러 가지 질문 중 "자식이 몇인데요?"라는 말에 "딸 다섯 아들 둘"이라는 대답을 단단하게 해내신 어머니, 고구마를 먹다 보면 목이 멜 때가 있는데 그때마다 "아가, 고구마 먹을 때는/싱건지 국물이라도 마셔감시로 천천히 묵어라/소나기는 금방 지나가는 거란다"라고 말씀해주셨던 아버지인데 말이다.

박수근은 20세기 중반 한국을 대표하는 서민 화가로 농촌과 일상 풍경, 특히 여인과 나무를 소재로 한 작품으로 유명하다. 앙상한 나무 아래 서 있는 여인들을 단순하면서도 강한 이미지로 표현한 「나무와 두 여인」, 농촌에서 절구질하는 여인의 모습을 담은 대표작 「절구질하는 여인」, 그리고 「빨래터」, 「귀가」 등은 돌처럼 두터운 질감과 회색이나 갈색 중심의 색채로 화려하지 않지만 깊고 단단한 세계를 표현한다. 또한 빨래, 장터, 절구질, 아이들 등 위대한 사건이 아니라 서민들의 소박한 삶의 중심을 묘사한다. 무엇보다도 가난을 그리지만 비참함을 강조하지 않고 삶의 존엄을 내세우는 윤리적 시선을 견지한다. 전경숙의 「조롱박에 뜬 별」도 가난하고 소박한 부모님의 삶을 묘사하지만 깨진 바가지라도 곱게 기워 쓰면서 세우던 삶의 척추 곧 존엄을 그린다. 그러기에 전경숙의 이 시는 투박하지만 너무도 아름다운 시임에 틀림없다.

3. 지혜

삶의 근본적인 형태는 무엇일까? 물론 생과 사 사이에
서 일하고 사랑하다 종족 보존을 하고 잠시잠깐 만에 사라
지는 것이다. 그러면서도 사람들은 세계와 인간 자체가 무
엇인지 인식하려 들고, 지식을 쌓으려 하고, 또한 삶의 올
바른 자세는 어떠한 것인지, 아름다움이란 왜 경탄을 불러
일으키는지에 대해 궁구하고 경험하려 든다. 그런 궁구와
경험은 물론 문명과 문화를 일구면서 삶의 풍성한 행복과
평안을 얻고자 해온 행위일 것이다. 그런 행위의 진정성이
핍진하면 할수록 성취감은 더 크리라.

노르웨이 작가 칼 오베 크나우스고르의 『나의 투쟁(Min
kamp)』6부작은 작가의 삶을 극사실적으로 기록한 자전적
소설이다. 작품은 일기와 에세이, 소설의 경계를 넘나드는
'자전적 픽션(autofiction)' 형식으로 쓰였는데, 평범한 일
상을 세밀히 기록하면서도 철학적 사유와 문학적 서술이
공존한다. 장황한 묘사와 솔직한 자기폭로가 특징이다. 이
는 곧 자기를 집요하게 읽으려는 개인의 내면투쟁이자, 일
상의 사소함 속에서 진실을 드러내려는 문학적 실험이다.

전경숙 시인은 사랑하는 사람의 상실과 추억만을 묘파
하는 시인이 아니다. 칼 오베 크나우스고르처럼 자기의 삶
과 세계를 읽고자 하는 시들을 시집 1부에 포진시킨다. 「구
름에 관하여」에서 "정처 없이 부유하는 동안은 꿈꾸는 시

간"이라며 그 시간을 통해 "먼 기억 속 본향에 뿌리를 내리고 싶어"하는 마음을 피력하고, 「어떤 시간의 고찰」에선 "두 얼굴을 가진" 시간은 "어떤 미완의 공간으로부터 건너왔기에/한 뿌리에서도 다른 꽃이 피는 것일까"하고 물으며 시간의 이중성 곧 기계적인 시간인 크로노스와 자유로운 창조의 시간인 카이로스에 대해 사유하는 것 같다가도 "어느 곳에나 있고/어디에도 없는" 시간의 본질에 대해서 묻기도 한다. 또한 「눈사람」은 "사흘이나 나흘쯤 뜨겁게 살다가/녹아내리는 촛농처럼/온기의 비의를 끌어안"고 사라지는 눈사람의 운명을 통해 인간 삶의 의미와 사랑을 찾고자 하는 행위의 부질없음을 '눈나비'라는 아름다운 조어로 형상화한다. 그러한 삶과 세계와 시간에 대한 궁구의 절정을 이룬 작품이 다음의 시이다.

갯벌이 목백일홍빛 노을에

몸을 말리고 있는 해안,

방향을 잃어버린 바람이 길을 묻는다

갈피 없는 바람의 길을 피한

바닷가 횟집의 후덕하게 보이는 주인은

장화와 호미를 내어주며

저 갯벌의 고서古書를 뒤집어 보라고 한다

밑줄을 그어 가며 갯벌의 문장을 읽는다

귓바퀴를 돌아 나온 소라는 바람을 몰고

고둥은 등을 보인 채 길을 낸다

주위를 힐끔거리며 허기를 채우던 칠게

일시에 구멍 속으로 쏙, 위난危難을 피한다

문을 닫고 살아온 질퍽거린 삶의 행로들

밀려오는 물이 무성한 갯벌의 족문을 덮을 때

낙지와의 씨름에서도 낙지를 낚지 못한

나의 고서에 대한 독서는 미급하다

써레질을 시작하는 바람을 따라

구름의 그림자를 털고 허리를 펴는데

때마침 꿈틀거리며 떠오른 목선,

깃발을 흔들며 먼 바다로 향한다

배 지난 길은 흔적도 없는데 수평선은 멀다

– 「갯벌의 문장」 전문

   여기서 시적화자는 "방향을 잃어버린 바람"이 길을 묻는 갯벌에 선다. 이는 삶의 길을 잃어버린 시적화자가 바람에 빗대어 실은 자기의 길을 묻는 행위일 것이다. "갈피 없는 바람"의 길을 피하고도 싶지만 "목백일홍빛 노을"이 깔리는 해거름, 몸을 꾸덕꾸덕 말리고 있는 갯벌에서 횟집 주인이 내어준 장화와 호미를 들고 나선 것이다. 꽤 학식이 있어 보이는 주인이 갯벌을 고서古書로 칭하며 한번 잘 뒤적여 보라는 말에, 나름 그 고전에 쓰인 문장文章을 읽어 보고자 나선 시적화자!

아니나 다를까 갯벌에 서자마자 "귓바퀴를 돌아 나온 소라"가 몰고 온 바람을 인식한다. 한데 소라의 귓바퀴를 돌아 나온 바람의 의미는 무슨 뜻일까? 어쩌면 "내 귀는 소라껍데기/바다를 그리워한다."는 장 콕토의 시가 전용된 듯도 하다. 그렇다면 바람의 근원적인 의미는 생명의 소통일 것이다. 바람은 숨, 호흡과 연결되어 생명 유지의 조건이 된다. 계절과 시간의 징표가 되기도 한다. 가령 봄바람, 가을바람, 삭풍 등으로 쓰일 때 말이다. 그리움, 외로움 등의 심리적 의미도 있다. 바람 부는 날 길을 나서고 싶을 때가 있는 것처럼. 바람은 존재를 끌어당기는 힘 곧 소망을 말하기도 한다. 동양 사유에선 기氣나 형체 없는 생명 에너지라는 존재론적 상징도 된다. 여기서 시인은 바람의 긍정적 의미를 말할 수밖에 없다는 생각에서 보면 바람이라는 무한 생명의 자연적 흐름에 대해 느끼고 생각했다고 할 수 있다.

다음으로 "고둥은 등을 보인 채 길을 낸다"라는 문장이 아름답다. 살아 있는 고둥은 대개 고깔을 쓴 모양으로 기면서 자기의 길을 내며 간다. 우리는 우리 각자가 자기의 방식대로 길을 내고 길을 간다. 그건 아무도 밟지 않는 개척의 길이다. 넘어질 듯 넘어질 듯 고깔을 쓴 채로 길을 내며 가는 것은 불안하지만 스스로의 책임을 동반하는 길이다. 길은 결과가 아니라 과정이며 그 존재의 밀도는 아주 높다. 가령 어떤 이가 돈의 길을 간다고 한다면, 그의 돈에 대한 집착은 모든 것을 무화시킬 정도로 밀도가 강렬하다. 장폴 사르트르는 인간은 자기 길을 선택함으로써 자기 자신이 된다고 한다. 로버트 프로스트의 「가지 않은 길」은 선택 이후의 존재를 묻는 시이다. 길은 두려움을 안고 나아가는 것이고, 타인의 기대를 넘어서는 것이고, 자신만의 삶의 윤리를 세우는 것이고, 실패마저도 자기 언어로 받아들이는 것이다. 그런 길을 가는 중에 칠게는 "주위를 힐끔거리며 허기를 채우"고 "일시에 구멍 속으로 쏙, 위난危難을 피한다." 모든 존재는 세상에 길을 내며 자기 길을 개척하며 가는데, 그중 칠게가 부정적으로 보이긴 하나 위난을 피하는 솜씨만은 알아주어야 할 것 같다.

　뭇 생명들은 소통을 모른 채 자기 주체의 문을 닫고 사는 듯하다. 하지만 그 누구에게도 살아온 질펀거린 삶의 행로가 있기 마련이다. 그것은 갯벌에 남겨진 무수한 족문 곧 발자국을 보아 알 수 있다. 시적화자 또한 갯벌에 들어 그 무수한 족문의 문장을 읽으며 오늘의 일을 한다. 그건 다름 아니라 갯벌 깊숙이에서 '버팅기는' 낙지를 낚으려고 낙지와 씨름하는 일이다. 낙지는 미끄럽고 힘이 세며, 다리가 여러 갈래로 뻗어 있다. 그래서 "낙지와 씨름하는 일"은 쉽게 해결되지 않는 문제와 맞붙는데, 애를 써도 자꾸 빠져나가는 상황과 싸우고 있다는 것이다. 또한 낙지는 생명력과 집요함의 상징이다. 낙지는 다리가 잘려도 한동안을 꿈틀거린다. 그런 낙지처럼 갯벌에서 삶의 욕망 혹은 생명력으로 충만한 자기 자신을 확인하는 것이 곧 낚시와 씨름하는 일이다. 그럼에도 갯벌 곧 고서에 대한 읽기는 미급하다. 뭇 생명들이 우글거리는 이 갯벌 같은 세상에서 나는 도대체 무엇을 읽고 있는가에 대한 질문 또한 가득 넘쳐나는 저녁이다. 벌써 빠져나갔던 물은 밀어 들어오고 바람은 그 밀물바다를 써레질한다. 그 바람을 따라 "구름의 그림자", 곧 어둡고 우울한 부정성의 감정을 털어내고자 애를 쓴다. 때마침 먼 바다로 밤낚시를 나가는지 목선은 떠나고, 수평선은 멀리 떠오른다. 결국 이 시는 갯벌을 뒤지며, 갯벌이라는 고서를 읽으며, 그 고서 속에 번뜩이는 바람과 길과 삶의 욕망에 대해 생각해 보는 시편인 것이다.

4. 자비

불교의 "상구보리 하화중생上求菩提 下化衆生"이라는 말은 불교의 핵심적인 수행 교리이다. 위로 깨달음을 구하고 도를 얻었으면 아래로는 중생을 돌아보고 교화한다는 뜻이다. 자기 해탈에만 머무르지 않고 모든 존재가 함께 깨닫기를 발원한다는 것이다. 자기 수양과 사회적 책임의 통합을 꾀한다거나 지혜와 자비의 균형, 개인 완성과 공동체 구원의 동시적 추구라는 말도 같은 뜻이다. 인문학적으로

풀어 보면 나를 깊이 읽고 그 읽기의 결과를 세상과 나누는 일이다.

전경숙 시인은 시집 1부에서 삶과 세계와 시간과 길에 대한 여러 가지 사유로 자기 자신을 읽는 데 충실했다. 이를 바탕으로 시집 2부에서는 이웃, 사회 등에 대한 진정어린 관심을 보인다. 「한아름아파트 현장소장 오상무」에선 건설사 현장소장으로 일하며 "매일 작업자들의 안전을 살펴야 하고/고약한 민원을 해결해야 하고/회사와 업체들의 간극을 좁히고 빈틈을 메워야 하는 일을 반복"하면서도 늘 "사람을 먼저 챙기는 사람"이자 "그가 맡은 현장에선 큰 사고 한 번 없었"을 정도로 열심인 사람이었지만 불경기로 지금은 살던 집도 빼앗긴 사람에 대한 안타까움을 표시하고, 「바람 부는 날」에선 대기업 상무였던 사람이 주식 투자로 퇴직금을 날리고 봉고차에 땡 처리한 옷을 떼다 파는 거리의 상인으로 전락한 아픔에 동참한다. 그런가 하면 요사이 가장 사회문제화 되어 있는 미세 먼지와 환경 위기에 대한 시적 대응을 하기도 하고, 쓰레기장에서 "분리수거에도 들지 못한 방부된 시간"에 처해 있는 낡은 악어백의 신세에 대해 비판적 시각을 들이대기도 한다. 또한 「딥 페이크」에선 "자본이 만들어 낸 마스크"인 딥 페이크를 통해 조작된 나의 정체성에 대해 혼란을 겪기도 하고, 「달 마법사」에선 보이스 피싱으로 돈을 다 털리고 난 사람의 흐려진 소주잔에 대해서 얘기하는 등 다양한 사회문제에 관심을 보인다. 그런 시들 중 다음의 「하루 품」이라는 시는 압권이다.

하얗게 내뱉는 입김에 꽃이 핀다
여명도 고요한 빙점의 시간

허름한 난로 불에 온기를 적시는 인력 사무소
단팥빵 한 개가 숨을 죽이는 동안
수심 깊은 기침 소리, 부랑의 침묵이 들썩인다

하루치의 품을 산 은회색 봉고가
기름 냄새 툴툴거리며 사라진 자리
갈 곳 잃은 표정, 뱉어 놓은 배기가스처럼 떠돈다

낡은 어제를 짊어지고
아침을 낚는 사람들 목청껏 생떼를 부려 본다
아직은 차가운 입춘절의 햇살 쟁탈전
통점을 지나온 상처가 피워 낸 웃음일까

누군가 손가락 세워 바다를 가리키지만
그가 건너온 이곳의 꿈은
오늘도 빈손 가득한 몽상의 시간뿐

허름한 발자국 사이 하루치의 품은

산모퉁이 돌아 피어난 민들레처럼

길 위의 봄 햇살 한 줌 꺾어 들고 가는 것

주머니 속의 내일을 만지작거리며

—「하루 품」 전문

이 시는 인력사무소 이야기이다. 인력사무소는 일용직·
단기 근로자와 인력이 필요한 현장을 연결해주는 곳이다.
보통 건설·철거·물류·청소·공장·농촌 일손 등 현장 중심의
노동을 알선한다. "하얗게 내뱉는 입김에 꽃이 피고" "여명
도 고요한 빙점의 시간/허름한 난로 불에 온기를 적시는"
새벽의 노동시장으로서 인력사무소는 자본과 노동이 가장
날것의 상태로 만나는 장소이다. 이력서보다 몸이 먼저 평
가되고, 경력보다 오늘의 필요가 우선되는 곳이다. 불안정
노동의 상징이고, 하루 단위로 갱신되는 생존 장소이기에
"낡은 어제를 짊어지고/아침을 낚는 사람들 목청껏 생떼를
부려" 보는 곳이다. 이름을 불러 달라고, 선택해 달라고 아
우성치는 곳이다. 그러기에 이곳은 선택받기 전까지 사람
들은 이름이 아니라 부여받은 번호표일 뿐이다. 이름 대신
번호로 불리는 순간 존재는 개인에서 기능으로 이동하는
데, 그래도 다행히 번호가 불림을 받아 "하루치의 품을 산
은회색 봉고가/기름 냄새 툴툴거리며 사라진"다. 그 자리

에 번호가 불리지 않아 "갈 곳 잃은 표정"의 사람들만 남아 사라진 차가 "뱉어 놓은 배기가스처럼 떠도는" 것이다. 그 배기가스처럼 떠도는 사람들 중엔 코리안 드림을 쫓아 바다 건너 개발도상국이나 후진국에서 온 사람들도 있는 모양이다. "누군가 손가락 세워 바다를 가리키지만/그가 건너온 이곳의 꿈은/오늘도 빈손 가득한 몽상의 시간뿐"이다. 그런 그가 마침내 '하루치의 품'을 팔아 "산모퉁이 돌아 피어난 민들레처럼/길 위의 봄 햇살 한 줌 꺾어 들고 가는 것"이 가능하기는 할 것인가. 먹고살기 위한 경제 행위로서의 노동이 더 이상 효용가치가 없어 막장에 몰린 사람들, 그들이 과연 주머니 속에서 만지작거리는 '내일'은 다행히 '하루 품'을 팔 수 있을 것인가? 이 시는 1970년대 산업화기 한국 도시의 하층민의 삶을 그린 조세희의 『난장이가 쏘아올린 작은 공』이나 한국의 근대화 초기 1960년대 후반 떠돌이 노동자의 불안정한 삶을 그린 황석영의 『객지』보다 더 열악해져버린 21세기 '인력사무소'에 몰린 막장 노동 인생들의 이야기이다. 그들의 아픔을 신예 전경숙 시인이 잊지 않은 것만으로도 이 시집의 수확이다.

전경숙 시인의 시들은 단아하면서도 그 애틋한 진정성으로 감동을 준다. 특히 시적 구조나 완성도 면에서 남다른 재주를 보여 자기가 전하고자 하는 시적 의미를 독자들에게 설득력 있게 제시한다. 사랑하는 사람의 상실을 통한 성숙, 부모의 생활 속에서 우러난 말씀을 본받아 세운 삶의 존엄, 자기 내면과 세계의 길을 읽으려는 욕망, 지혜와 자비의 균형을 찾으려는 꿈 등을 다양하게 펼쳐 보인 시인의 앞으로의 행보가 기대된다. 그 기대는 미더움을 동반한 격려이기도 하다.